兒童文學叢書
・影響世界的人・

唐念祖／著

王建國／繪

不只蘋果掉下來！

現代科學之父 牛頓

國家圖書館出版品預行編目資料

不只蘋果掉下來！:現代科學之父牛頓 / 唐念祖著;
王建國繪.－－初版二刷.－－臺北市:三民,2009
面; 公分－－(兒童文學叢書.影響世界的人
系列)
ISBN 978-957-14-3999-0 (精裝)

1. 牛頓(Newton, Isaac, Sir, 1642-1727)－傳記－
通俗作品

784.18   93002440

© 不只蘋果掉下來！
—— 現代科學之父牛頓

著作人　唐念祖
繪　圖　王建國
發行人　劉振強
著作財
產權人　三民書局股份有限公司
　　　　臺北市復興北路386號
發行所　三民書局股份有限公司
　　　　地址／臺北市復興北路386號
　　　　電話／(02)25006600
　　　　郵撥／0009998-5
印刷所　三民書局股份有限公司
門市部　復北店／臺北市復興北路386號
　　　　重南店／臺北市重慶南路一段61號
初版一刷　2004年4月
初版二刷　2009年1月修正
編　號　S 781101
行政院新聞局登記證局版臺業字第○二○○號

有著作權·不准侵害

ISBN　978-957-14-3999-0 (精裝)

http://www.sanmin.com.tw　三民網路書店

多彩多姿的世界

（主編的話）

　　小時候常常和朋友們坐在後院的陽臺，欣賞雨後的天空，尤其是看到那多彩多姿的彩虹時，我們就爭相細數，看誰數到最多的色彩 —— 紅、黃、藍、橙、綠、紫、靛，是這些不同的顏色，讓我們目迷神馳，也讓我們總愛仰望天際，找尋彩虹，找尋自己喜愛的色彩。

　　世界不就是因有了這麼多顏色而多彩多姿嗎？人類也因為各有不同的特色，各自提供不同的才能和奉獻，使我們生活的世界更為豐富多彩。

　　「影響世界的人」這一套書，就是經由這樣的思考而產生，也是三民書局在推出「藝術家系列」、「文學家系列」、「童話小天地」以及「音樂家系列」之後，策劃已久的第六套兒童文學系列。在這個沒有英雄也沒有主色的年代，希望小朋友從閱讀中激勵出各自不同的興趣，而各展所長。我們的生活中，也因為有各行各業的人群，埋頭苦幹的付出與奉獻，代代相傳，才使人類的生活走向更為美好多元的境界。

　　這一套書一共收集了十二位傳主（當然影響世界的人，包括了行行色色的人群，豈止十二人，一百二十人都不止），包括了宗教、哲學、醫學、教育與生物、物理等人文與自然科學。這一套書的作者，和以往一樣，皆為學有專精又關心下一代兒童讀物的寫手，所以在文字和內容上都是以深入淺出的方式，由作者以文學之筆，讓孩子們在快樂的閱讀中，認識並接近那影響世界的人，是如何為人類付出貢獻，帶來福祉。

　　第一次為孩子們寫書的龔則韞，她主修生化，由她來寫生物學家孟德爾，自然得心應手，不做第二人想。還有唐念祖學的是物理，一口氣寫了牛頓與愛因斯坦兩位大師，生動又有趣。李笠雖主修外文，但對宗教深有研究。謝謝他們三位開始加入為小朋友寫作的行列，一起為兒童文學耕耘。

　　宗教方面除了李笠寫的穆罕默德外，還有王明心所寫的耶穌，和李民安

所寫的釋迦牟尼，小朋友讀過之後，對宗教必定有較深入的了解。她們兩位都是寫童書的高手，王明心獲得2003年兒童及少年圖書金鼎獎，李民安則獲得2000年小太陽獎。

許懷哲的悲天憫人和仁心仁術，為人類解除痛苦，由醫學院出身的喻麗清來寫他，最為深刻感人。喻麗清多才多藝，「藝術家系列」中有好幾本她的創作都得到大獎。而原本學醫的她與許懷哲醫生是同行，寫來更加生動。姚嘉為的文學根基深厚，把博學的亞里斯多德介紹給小朋友，深入淺出，相信喜愛思考的孩子一定能受到啟發。李寬宏雖然是核子工程博士，但是喜愛文學、音樂的他，把嚴肅的孔子寫得多麼親切可愛，小朋友讀了孔子的故事，也許就更想多去了解孔子的學說了。

馬可波羅的故事我們聽得很多，但是陳永秀第一次把馬可波羅的故事，有系統的介紹給大家，不僅有趣，還有很多史實，永秀一向認真，為寫此書做了很多研究工作。而張燕風一向喜愛收集，為寫此書，她做了很多筆記，這次她讓我們認識了電話的發明人貝爾。我們能想像沒有電話的生活會是如何的困難和不便嗎？貝爾是怎麼發明電話的？小朋友一定迫不及待的想讀這本書，也許從中還能找到靈感呢！居禮夫人在科學上的貢獻是舉世皆知，但是有多少人了解她不屈不撓的堅持？如果沒有放射線的發現，我們今天不會有方便的X光檢查及放射性治療，也不會有核能發電及同位素的普遍利用。石家興在述說居禮夫人的故事時，本身也是學科學的他，希望孩子們從閱讀中，能領悟到居禮夫人鍥而不捨的精神，那是一位真正的科學家，腳踏實地的真實寫照。

閱讀這十二篇書稿，寫完總序，窗外的春意已濃，這兩年來，經過了編輯們的認真編排，才使這一套書籍又將在孩子們面前呈現。在歲月的流逝中，這是多麼令人高興的事，我相信每一位參與寫作的朋友，都會和我有一樣愉悅的心情，因為我們都興高采烈的在搭一座彩虹橋，期望未來的世界更多彩多姿。

充滿著神祕色彩的牛頓

（作者的話）

1992年麥可哈特的《歷史上一百位影響最深人物》一書，把牛頓列為第二，排名在耶穌之上。牛頓在力學、光學、數學、天文上有無數的發明和發現，對科學界來說，簡直是奇蹟。他把各種所知所學融會貫通，把抽象直覺的觀念數理化，給現代科學打造了完善的基礎。

可是我們一般除了把他跟蘋果往下掉的故事聯想起來以外，好像就對他一無所知了。為什麼他是這樣一個神祕的人物呢？

主要的原因是，他去世之後兩百年內，為他作傳記的人都太過崇拜他，把他神化了。一直到1930年代，有一批他的文件流傳出來，世人才開始知道他人性化的一面。同時，牛頓的個性本來就很孤僻，沒有什麼朋友。他去世前又把很多文件都燒燬了，所以他的故事流傳很有限。

牛頓另外一個神祕面是他多年對煉金術（或煉丹術）的鑽研。這在當時是非法的情形下，牛頓竟然就在劍橋大學的宿舍內行之多年。他除了可能因此而有精神崩潰的病歷外，似乎還沒有真正走火入魔。他反倒由煉金還獲得了一些化學和冶金的知識，對他日後任鑄幣局局長，以及其他的一些發明增加了靈感。

另外，他也花了很多時間研究《聖經》預言，並且反對當時英國王室基督教的父、子、聖靈三位一體信仰。這些都是牛頓的信徒認為需要幫他隱瞞的事，因此增加了他的神祕性。

牛頓出生在聖誕節，是個沒有見過父親的遺腹子，因為母親改嫁，又沒有得到幼年時最需要的母愛。我們從心理學的角度來猜測，他的童年遭遇造成的孤獨個性，可能是他對人類科學偉大貢獻的因素之一：一方面他很重視自己的成就和別人對他的評價；另一方面，他獨來獨往，也許是他得以專心一致，鑽研學問的條件。

少年時代的他，就自認為出生在聖誕節有宗教上特殊的意義，所以他除了堅忍不移的執著，一絲不苟的思考研究以外，又多加上一種替天行道的自信，和敢向權威挑戰的勇氣。真正符合了「大膽假設，小心求證」的原則。

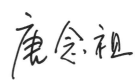

如此孤獨又自信的個性，自然有它的負面。牛頓對人的強烈猜疑，使他不斷與當時幾位科學家發生衝突，互相指責對方剽竊自己的創見。牛頓也因此一再拖延出版他的論文。牛頓和萊布尼茲雖然爭了多年，可是後人終究認定是兩個人同時分別發明了微積分。假若他不把精力浪費於這些辯護和攻擊上，也許會有更多貢獻。

這些人性化的故事讓我們體會到，牛頓堅強的個性使他不自怨自艾，用他旺盛的精力去面對生命中各式各樣的挑戰，才更顯示出這一個影響全世界的偉大科學家的精神。

唐念祖

牛頓

我自己覺得我就像一個在海邊玩耍的孩子，
偶然發現了一塊特別光滑的石頭或者
格外漂亮的貝殼，但是在我面前
如汪洋大海般的真理，
我還沒有發現呢！

話劇還有幾分鐘就要開始了。曉飛很興奮的問：「爸爸，我從小就常聽到牛頓的名字，可是好像除了他看到蘋果往下掉，發現了地心引力的存在以外，很少聽過他別的故事？」

爸爸說：「對啊，所以今天帶妳來看這齣話劇。其實，他的『萬有引力定律』是他多年的研究和思考一點一滴辛勤努力的成果，不是光看蘋果往下掉這麼簡單的。如果不是他三百多年前在力學、光學、天文、數學和物理上有這麼多偉大的發現，很難想像今天的科學會是什麼樣子。」

曉飛好奇的說：「如果不是他，別人會不會發現呢？」

爸爸很高興的笑了，這時候燈光開始暗下來：「哈哈哈，曉飛，妳這個問題問得真好！話劇就要開始了，我們看完了再說吧。」

舞臺上的幕慢慢拉了起來。

第一幕
力爭遊學生涯

場景：克拉克先生的藥房。牆邊架上有一排排的藥瓶。十九歲的愛思克·牛頓專心的用桌子上的藥瓶做實驗。一下秤一秤瓶子的重量，一下在筆記本上記錄。牛頓的媽媽帶著牛頓同母異父的弟弟妹妹上場。

「愛思克！」

牛頓的弟弟妹妹都被媽媽的叫聲嚇了一跳，背對著門口的牛頓卻不慌不忙的轉過身來，答了一聲:「媽。」

媽媽高聲的說:「愛思克！我告訴你趕快去銀行存錢和買飼料，怎麼你又跑到這裡來浪費時間啦?」

牛頓不太高興的回答:「這哪是浪費時間？我從藥典上學會了好多配藥的方法，可以治好多病。上次妳咳嗽，不就是吃我調配的藥，一下就好了?」

媽媽一時不知如何回答。這時候牛頓的弟弟好奇的拿起一個藥瓶來看，牛頓很兇的說:「不要亂動我的東西。」媽媽溫和的說:「對弟弟別這麼兇嘛。」牛頓小聲的說:「他才不是我弟弟呢！」媽媽假裝沒聽見，跟牛頓說:「趕快收拾好東西，去城裡辦好事，家裡的牧場還需要你照顧呢！」

牛頓站起身來，鼓起勇氣說:「媽！我覺得照顧牧場才是浪費時間呢！我想去學校繼續唸書，我想上大學。」這時藥房主人克拉克先生走上場，牛頓和他的媽媽好像沒有注意到他，繼續談話。

牛頓的媽媽說:「上大學？光唸書，作個書呆子有什麼用？家裡有田有地，有豬有羊，可以做的事這麼多，上大學有什麼用？」

　　牛頓氣急敗壞的說:「媽！妳只知道豬羊可以賣錢！但妳知道書裡面有多少學問嗎？我有好多問題都只能從書上找到解決的方法。在學校裡面，也可以學到怎麼樣去找答案。我一定要去上大學！」牛頓一跺腳，轉身走向舞臺右後角，背對著他的媽媽。

　　這時候克拉克先生避開牛頓，拉著牛頓的媽媽到一旁說話了:「對不起！我想打個岔。我也同意妳兒子的看法。只有讓他去上大學，才能滿足他的好奇心。妳也知道妳這個兒子有多聰明。他做的風車、他畫的圖以及製作出以水流速度來計算時間的水鐘和利用太陽影子的移動來指示時間的日晷，全都是準確精細、一絲不苟的，不讓他去上大學實在是太可惜了。他以後一定會有很偉大的成就，妳怎麼忍心壓抑他最大的興趣，不讓他好好發展呢？」

　　牛頓的媽媽壓低聲音說:「唉！克拉克先生，老實跟你說，我……我有一點捨不得

他離家去上大學呢！這孩子真可憐，還沒出生，父親就過世了。我怕沒錢撫養他，只好改嫁，把兩歲多的他託給祖母撫養。誰知道一晃眼，八年過去了，我的後夫去世了，我才帶著三個我跟這後夫生的孩子回來。我希望牛頓能留在我身邊，讓我好好補償他這八年缺乏的母愛。」

　　說到這兒，媽媽拿出手帕來擦眼淚，然後轉過身來對牛頓說：「愛思克！你知道媽媽的用意嗎？媽媽為你爭取來這麼多地產，你以後只要好好管理，生活就不會有問題了。媽媽希望你留在家裡，你去上大學，又要離家好幾年，媽媽怎麼放心呢？」

牛頓很痛心的說:「我現在已經這麼大了,妳有什麼不放心的?在我兩歲、最需要妳的時候,妳離開我;現在我長大了,上大學是我最想做的事,妳卻要阻擋我。妳這就是愛我嗎?」

牛頓的媽媽聽了這番話,非常難過。她邊哭邊說:「孩子,媽媽是不得已的,希望有一天你能了解我的苦衷,原諒我。」

克拉克先生說:「唉!妳的心意固然是很值得同情,可是妳如此做法,是不是也有一點太不顧他的前程了呢?妳也知道,不光是我認為牛頓應該上大學,他的高中校長斯透克先生,不但大力推薦他去劍橋大學,還願意替他付學費呢!」

牛頓的媽媽說:「其實,我哥哥也是劍橋出身的,他也希望牛頓去劍橋。」她來回踱著步,不時看看牛頓,又低著頭想了一陣子。最後終於嘆了口氣說:「唉!好吧!就讓你去上大學吧!」

牛頓聽了,喊出:「真的?」一付不敢相信的樣子,向媽媽站的方向跨近了一步,遲疑一下,又站住了。媽媽對他點點頭。他小聲的說了句:「謝謝媽!」然後又轉過身來大聲說:「謝謝克拉克先生。」

　　曉飛鼓掌完了，轉過臉來對爸爸說：「牛頓小時候蠻可憐的嘛！」

　　爸爸說：「是呀！幼年的牛頓渴望父母的愛而得不到，後來他又要跟三個沒有什麼手足之情的同母異父弟妹去爭搶回到身邊的母親，因此他有很強烈的保護自己、不輕易相信別人的個性。另一方面，他從小孤獨自處的生活，也是他日後能專心做學問的基礎。所以人生的遭遇，常是塞翁失馬，幸與不幸，是很難預知的。」

　　兩個人談了一會兒，燈又暗了下來，第二幕要開始了。

第二幕
鑽研宇宙奧妙

場景：劍橋大學宿舍牛頓的房間。除了書架上滿滿的書以外，還有一桌化學實驗的瓶瓶罐罐和兩個煉金用的燒鍋和小火爐；兩扇窗戶上垂掛著大幅暗紅色的窗簾。年約四十歲的牛頓此時並不在房裡；他的室友韋京斯正坐在桌邊寫字。這時候有人敲門。韋京斯起身開門，進來的是一個不到三十歲，長得很英俊的高個子男子。

　　韋京斯問：「請問你找哪一位？」

　　這男子說：「我名叫哈雷，是英國皇家學會的會員，久仰牛頓先生大名，今天想來求見牛頓先生。請問他在不在家？」

　　韋京斯說：「他去講課了。你有什麼重要的事找他？要不要在這裡等一下？」

　　哈雷說：「好的。他需要教很多課嗎？」

　　韋京斯說：「倒也沒有。牛頓也真是太認真了，他講的課太深奧太難懂，人又太嚴肅，從來不講笑話，學生都不來上他的

課。他每次上課幾乎都沒有人去聽，可是他還是照樣對著空教室演講。」

哈雷說：「真的？我是聽說他做任何研究都很認真。」

韋京斯說：「一點兒也不錯。他一旦開始對某一個題目下功夫，就廢寢忘食。有時候他的早飯吃到一半，忽然有了靈感，

馬上跑到書桌旁振筆疾書，一直到深夜，都不再吃一點東西，也不知道餓。他在研究月亮和行星軌道的時候，整夜觀察、記錄，連著好幾天不睡覺，一直到他找到答案為止。他求知的熱忱，有時候幾乎到了瘋狂危險的地步。有一次，他為了研究光學，對著鏡子裡的陽光看，結果好幾天都看不見東西，差點就成了瞎子。」

哈雷說：「嗯，他要是真的瞎了，那就太可惜了。他在光學上的發現，已經轟動科學界了。我想你一定幫他做過光學實驗吧？」

韋京斯說：「對！他用幾個三稜鏡，日日夜夜做了數不清的實驗，來證明他的理論──太陽光看起來是白色，卻是各種顏色光組成的，只是每一種光的折射程度不一樣。不過，他提出來的理論和實驗的結果，實在太具革命性，跟千百年來人類所了解的太不一樣了，所以大多數人對他的想法還是不能接受。」

哈雷說：「就是啊！幾年前，為了光學的理論，他跟皇家學會祕書胡克之間已經爭辯不休了，又有別人提出問題，他竟然就一怒不可收拾，說要退出皇家學會。」

章京斯說：「對，牛頓在追求學問上，一絲不苟，專心一致，凡事要求完美。他要把一個假設，用各式各樣所有能想到的問題全部以實驗證明後，才發表出來，成為一個學說。所以他發表出來的，如果別人還沒有去實驗就提出疑問，他就會非常氣憤，覺得別人是在攻擊他。」

　　哈雷說：「對啊，有人希望能為他們和解一下，牛頓往往是幾個月才回覆人家的信件，後來根本就幾年都不再跟皇家學會來往了。章京斯先生，他這幾年都在做什麼研究呢？」

　　章京斯有一點遲疑的說：「這……其實我也不是很清楚。」

　　哈雷看看四周，指著房裡的鍋爐說：「這些好像都是煉金用的嘛！」

　　章京斯說：「沒錯。你我都知道，英國王法是禁止煉金的。可是牛頓完全是站在求知的出發點做研究。他對每一種金屬都先讀遍所有參考書，然後仔細的做各種精確的實驗，記錄下所有他觀察到的性質。這些年下來，他已經成為金屬專家了。所以我覺得他煉金的目的並不是想發財或是求長生不老。」

哈雷說:「這點我同意。他對科學的興趣如此濃厚，他的這種做法也沒有什麼不對。韋京斯先生，不好意思，占用你這麼多的時間，你去忙你的事吧，我在這裡等就行了。」

哈雷看到桌上有個單筒的望遠鏡，很感興趣的拿起來看。

這時候牛頓走上舞臺，推了門進來。

牛頓一看有位陌生人，面目嚴肅的問道：「請問你是什麼人？」

韋京斯在一旁搶著說:「哈雷先生是英國皇家學會的會員，來拜訪你的。」

哈雷說:「牛頓先生您好，久仰大名。我名叫哈雷，在牛津大學當學生的時候，特別喜歡天文和數學，那時就已經拜讀過您很多論文，我對您的每一件觀察都能用數學去證明，感到非常佩服。」

牛頓雖然聽到他的恭維，可是臉上還是沒有什麼表情。他看著哈雷手上的望遠鏡說:「你喜歡天文，怪不得對我做的望遠鏡感興趣。沒想到這個玩意兒會給我在皇家學會帶來許多爭論。」

　　哈雷說:「對！胡克先生總是說他做過類似的望遠鏡，卻一直拿不出證據來。」

　　牛頓說:「胡克這個人本來是有一點小聰明，又特別喜歡出風頭。可是他每每只知道一點皮毛，就可以吹噓得天花亂墜，好像他就是獨一無二的專家。我這個望遠鏡是利用光的反射原理製造，鏡片也是我親手一點一點磨出來的。

　　他說他曾經做過的望遠鏡是用折射原理。你知道光線經過透鏡折射以後，就像三稜鏡一樣會有虹彩現象，絕對沒有我這種反射式望遠鏡清楚。他居然說我是偷他的主意，他也不想想，我研究光學多少年了。好了，說到他我就有氣，我們還是談你感興趣的天文吧！你對彗星有研究嗎?」

　　哈雷說:「今天我來找您，就是為了討論彗星。」

　　牛頓聽了有點感興趣:「那這幾年的彗星你都好好觀察了?」

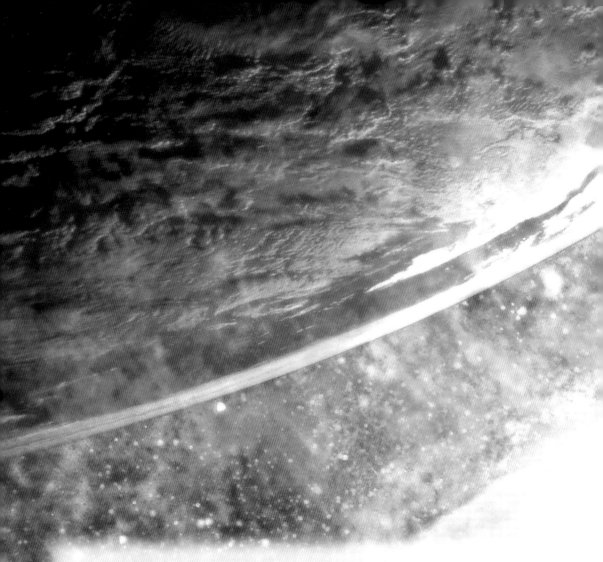

　　哈雷說：「那當然啦！四年前， 1680 年 11 月和 12 月的彗星最精彩了。當初大家都以為那是兩個彗星，前面一個飛往太陽然後就看不見了，另外一個是反方向飛離太陽。可是後來皇家天文師佛蘭斯提主張，其實人們兩次看到的是同一個彗星，靠近太陽的時候轉了反方向。他認為那是太陽使得彗星的磁場改變，從相吸變成相斥。」

　　牛頓說：「是呀，當時我也仔細觀察這個彗星。除了我的二十一次關於它的升降時刻、旅程經緯度的紀錄以外，我還搜集了別人在威尼斯、東印度、巴黎、新大陸的馬利蘭等各地不同角度的觀察。我也跟佛蘭斯提通信討論過這現象。他認定那是同一個彗星是個很聰明而又正確的看法。不過，我不贊同他的磁場理論的解釋。那彗星其實只是像行星一樣的繞著太陽轉。」

哈雷說：「真的？我還聽到一些理論，說太陽對行星的吸引力是跟距離的平方成反比。如果這是正確的，那您覺得，行星的軌道是圓的，還是橢圓的呢？」

牛頓很肯定的說：「是橢圓形。」

哈雷很興奮的說：「我是這麼猜的。那您是怎麼知道的呢？」

牛頓說：「我是計算出來的。」

哈雷高興的說：「可以計算！您可不可以告訴我怎麼計算的？」

牛頓說：「我平常是不隨便跟別人談這些的。大多數人根本不懂這些數學，不過我看你好像對天文、數學都了解，讓我來找一下。」

牛頓在書桌上翻找了一下，回過頭來對哈雷說：「我想還是讓我整理一下再寄給你吧！」

哈雷很感謝的說：「那太好了。我想幫忙把您的理論和計算的方法發表出版，您覺得如何？」

牛頓不高興的說：「我為什麼要發表？一發表，還不是很快就被別人偷去了？」

哈雷有點不知所措，看看坐在旁邊的韋京斯。

　　韋京斯說:「也不能這麼說。不是有很多人勸過你嗎？如果當初早早把你發明的東西和你筆記本上記錄的理論，拿出去發表，像胡克這種人還有話說嗎？不就少了你許多煩惱？」

　　牛頓說:「讓我想一想。其實我最近有一些突破，這麼多年做的很多實驗，像鐘擺、煉金，和我創造的很多力學、數學的理論，融會貫通應用在天文上，可以解釋

很多星球運動的宇宙奧妙。今天你們提出的意見，可能是上天有意，叫我傳達這些訊息吧？嗯，好吧！我把這些寫下來吧！」

哈雷和章京斯聽了都興奮的站起來：「太好了！太好了！」

幕後叮叮咚咚換佈景的時候，曉飛問爸爸：「我聽說過有名的哈雷彗星。剛才話劇裡的那位哈雷，跟這個彗星有關係嗎？」

爸爸說：「嗯，哈雷彗星就是這位哈雷先生發現的。牛頓憑著他的聰明和努力，發現了萬有引力定律，但是如果沒有當時其他科學家的觀察和實驗，幫助證明他提出的理論，可能還是有很多人不信服呢！也幸虧哈雷勸服了牛頓出版他的理論，這些偉大的發現才能流傳下來。」

很快的，第三幕又開始了。

第三幕
身纏是非爭議

場景： 1703 年，英國皇家學會圖書館內。哈雷在書桌前看書。英國皇家天文師佛蘭斯提走進來，哈雷抬起頭看了一眼佛蘭斯提，又低頭繼續看書。

佛蘭斯提用不太友善的口氣說：「哈雷兄，今天牛頓終於當上皇家學會會長了，你應該很高興吧？」

哈雷回答：「那當然啦！難道你不覺得他實至名歸嗎？」

佛蘭斯提說：「他在學術上的貢獻和地位，當然是沒話講的。只是他有些做法，我無法接受。你可知道他十幾年前為了要寫《數學原理》和這幾年的其他論文，跟我要了多少天文數據，以及我觀察行星和月球運行軌道的紀錄？我們來來往往了至少四、五十封信。我二十年來辛辛苦苦累積下來的，他要什麼我就給他什麼，他不但沒有什麼謝我的意思，還總嫌我動作不

夠快。連我生病的時候，他也一直催。只要有一點小錯誤，他就提出來指責。」

　　哈雷說：「他是要求完美和吹毛求疵，可是這也正是他成功的原因啊！」

佛蘭斯提氣憤的說：「他的成功，是建立在別人的痛苦之上！當年我受命為皇家天文師，一個人把皇家天文臺籌資興建起來，好多儀器都是我辛辛苦苦一件一件購置的。後來他竟然還透過皇家關係，用沒收我的設備來威脅，逼我提出資料。」

哈雷看他這麼激動，有點不知如何是好：「我想，這是誤會吧。」

佛蘭斯提還是很生氣：「誤會？我從前也以為牛頓和胡克間的爭執只是誤會，因為胡克確實是個很會誇大其辭的人。可是這些年來，誰先發明微積分的事，就有點難說了。萊布尼茲是一個真正的學者，他像牛頓一樣有天分，年紀輕輕的時候就顯露出他的數學天才。明明有很多證據顯示，他們兩人是分別獨立發明了微積分，牛頓卻一口咬定是他先發明的，還說萊布尼茲是抄襲他的，這實在說不過去。」

哈雷說：「其實歷史上也確實有些同時發明的例子。微積分究竟是誰先發明的暫且不說，牛頓的《數學原理》用傳統幾何的方式把微積分的觀念介紹出來，可見他的素養深厚。而且從勸他發表到完成，才不過十八個月的時間，真是令人佩服。雖

然這書的內容高深，又是拉丁文寫的，沒有幾個人看得懂。可是看過的人都認為這是在天文、數學和物理上空前的傑作。」

佛蘭斯提說：「嗯，他就是因為這本書出了名，才又被選為國會議員。可是你沒聽說過，他在國會一年多，只有過一次發言紀錄，還只是因為冷了，請求別人把窗戶關起來？」哈雷有點答不出來。

佛蘭斯提又說：「聽說他還有過一次精神崩潰，寫信給他最尊敬和要好的幾位朋友，控訴人家要陷害他，要跟他們絕交。」

哈雷說：「好像是有這麼一回事。牛頓後來向他的朋友解釋，說是因為他太專心鑽研學問，想得太深了，好幾天沒睡覺，所以頭腦不清楚。」

佛蘭斯提說：「這是他自己為了面子這麼說的。大家都說是因為他有一大批多年研究的重要手稿，不當心被火燒掉了，他受的刺激太大所以急瘋了。也有人說是因為他長年的煉金，造成了鉛汞中毒的現象而失去了理性。」

哈雷說：「我想多半是他做事太認真，用腦過度，壓力太大了，才造成一時的失常。還好他很快就恢復了。」

佛蘭斯提說：「他恢復得確實很快，不然怎麼會馬上又被任命為皇家鑄幣局的督察，再升任為局長？你還不是因為他的關係，當了個鑄幣廠的分廠長？」

哈雷說：「算了吧！那個分廠長的工作簡直不是人幹的。每天從早忙到晚，又要緊盯著工人的效率，又怕有人把錢幣往外偷，人們用舊幣換新幣的時候也要防止貪污，還加上牛頓的嚴格要求，所以我只做了一年多就辭職不幹了。」

佛蘭斯提說：「豈只是嚴格？牛頓為了抓偽造貨幣的人，不惜親自跟地痞流氓打交道來獲取情報。抓到罪犯，也毫不留情的送上斷頭臺，簡直是個冷血動物。」

哈雷說：「你這樣說太不公平了。在每一個國家偽造貨幣都是死罪，牛頓只是在執行法律。他為了改鑄新幣，用了多少心血。他有煉金的經驗，並仔細觀察、改進鑄幣過程，大幅提高了生產效率。他還提出了好多貨幣經濟理論，我們因為發行新幣挽救了經濟，不能說牛頓沒有大功勞。你雖然不喜歡他的一些做法，可是你總不能否認他的貢獻吧？想不到你為了私人恩怨，就要抹殺他的偉大成就！」

　　佛蘭斯提氣憤的大聲說：「私人恩怨！你拚命為他宣傳《數學原理》，自己得了多少好處？他把我供給他的天文數據，又給了你多少當作你出書的參考？你只會作他的應聲蟲，你只會替他說好話！你只是他的走狗！」說完他怒氣沖沖的猛然扭身，背對著哈雷。

　　哈雷也憤怒的把手上的書「啪」的一聲摜在桌上，猛然站起。

大家都為演員的認真演出鼓掌。曉飛問：「他們為什麼會因為這些事吵架呢？」

爸爸說：「我想像他們這樣有成就的科學家，對自己多年盡心努力的成果一定都會像心肝寶貝一樣的保護著。也許有些科學現象，真的是同時由不同的人發明或發現。可是就他們自己而言，硬是認為別人把他的想法給偷去了。」

曉飛說：「難怪牛頓不肯出版他的書。」

爸爸說：「除了這個原因，牛頓是個完美主義者。他怕自己還沒有找到完全的答案，也怕有什麼小錯誤被人指出，所以他遲遲不出書。可是他出版的這些書，實在是太重要了。牛頓提出力學三大定律，是我們現在所有工程用動力學的基礎，他的微積分是所有工程運算的工具，萬有引力對星球運動的解釋和預測，讓我們能做各種太空研究。說牛頓是現代科學之父，一點也不錯。好了，燈又暗了，最後一幕了。」

第四幕
學海煙飛塵滅

場景： 1727年，英國倫敦牛頓住宅內。年老的牛頓坐在沙發上，手中拿著枴杖，不時咳嗽，身體很虛弱。舞臺另一邊有一個書架，上面整整齊齊的放著一些盒子。牛頓的甥女婿康都特和牛頓的一個學生柯瑞爾正忙著從書架上拿下一個盒子，走到牛頓的面前，把盒子裡的筆記本、信件和其他紙張拿出來給他看。

康都特說：「舅舅，這一盒裡裝的好像都是公文。」

牛頓看著康都特拿出來的紙張，點點頭說：「沒錯，這是我當鑄幣局局長的時候提出公文報告的草稿。」

柯瑞爾湊前看：「哇！牛頓爵士，您的書法好整齊啊！可是為什麼有這麼多相同的報告呢？」

牛頓說：「並不都是一樣的。通常我都要打草稿好幾遍，有時候再修改幾次，我覺得完全滿意了才把最後的文件送出去。」

康都特細細的看了說：「舅舅，這些都要燒掉嗎？好可惜喲！」

牛頓說：「一定要燒。這中間有好多皇家金庫和一些重大經濟決策的機密，流傳出去是不行的。」

柯瑞爾和康都特把這些文件放在焚化爐裡。然後搬來另一箱，把裡面的筆記本拿出來看。柯瑞爾翻了一下，把它交給牛頓和康都特，問他們：「這些筆記都是一些我看不懂的符號。這是什麼呢？」

康都特研究了一下:「這是煉金術吧？舅舅，這不是國法禁止人們研究的嗎?」

牛頓說:「對了，這都是我做煉金術實驗的紀錄。研究煉金術所以違法，主要是因為政府怕有人真能點石成金，破壞了經濟。可是這自古從希臘流傳下來的技術，中間有多少的學問值得去探討。我當年光學實驗所以能成功，固然是這煉金術帶給我的靈感，我擔任鑄幣局局長的時候，負責重新發行硬幣，對金屬的處理更有很多經驗是從這些煉金術實驗來的。唉，這些手記，留了這麼多年，當然是我很珍貴的東西，只是這些筆記如果落在別人手中，說不定還會給人帶來麻煩，所以……還是都燒了吧。」

康都特和柯瑞爾把這些也放進了焚化爐裡，然後又拿一箱到牛頓面前。牛頓看了一下他們送到他手上的文件，說:「這些是我多年研究數學的筆記，留下來捐給劍橋大學，對學生會有用的。」

康都特和柯瑞爾把這一箱放在另一個角落之後，又把另一箱給牛頓看。

牛頓說:「大概還有好多物理和天文方面的東西吧？唉！這宇宙間的萬物，無窮

的奧妙，世上所有的人再怎麼努力日以繼夜的去研究，都只能看到一點一滴。我不知道世人怎麼看我，可是我自己覺得我就像一個在海邊玩耍的孩子，偶然發現了一塊特別光滑的石頭或者格外漂亮的貝殼，但是在我面前如汪洋大海般的真理，我還沒有發現呢！」

說到這裡，牛頓咳了起來，然後說：「我累了，就把這些先燒了吧！其他的改天再說了。」

康都特和柯瑞爾把焚化爐點燃，舞臺燈光暗下，只剩三個人望著熊熊火光，然後火焰漸弱，終於熄滅。

爸爸說：「妳看牛頓雖然沒有一個快樂的童年，可是，他的意志堅強，忍受長年孤獨的環境，專心又仔細的研究一些高深的學問，再困難的問題他也不放棄。這樣的個性，加上超人的聰明、智慧和遠見，才會有這麼偉大的成就。他在天文、數學、物理上的貢獻，對人類的科學有著重大且深遠的影響，真正是一個歷史上的偉人。曉飛，妳從牛頓一生的故事學到了什麼？」

曉飛說：「我們有了理想目標，不管環境如何，只要努力追求，都會成功的。」

爸爸說：「對！太好了！」

牛頓 小檔案

■ 1642年

　誕生於英國。

■ 1655年

　進入皇家中學就讀，住在克拉克藥房。

■ 1661年

　進入劍橋大學神學院。

■ 1672年

　成為皇家學會會員。

■ 1677年

　與萊布尼茲爭論微積分的發明。

■ 1683年

　以克卜勒定律為基礎，發現萬有引力定律。

■ 1687年

　出版《數學原理》一書。

■ 1689年

　被選為國會議員。

■ 1696年

　擔任皇家鑄幣局的督察，後升任局長。

■ 1703年

　當選皇家學會會長。

■ 1705年

　由女王授予爵士稱號。

■ 1727年

　在家中去世。

寫書的人

唐念祖

　　從小就喜歡看書，臺灣大學土木系畢業後，到美國加州大學的戴維斯和柏克萊留學，先後讀了結構工程和企業管理兩個碩士。他現在舊金山南邊矽谷電腦界工作。興趣廣泛的他，編寫過劇本也演出過話劇，發表過一些文章。他喜歡登山、跳舞、攝影，也喜歡烹飪、閱讀和電影。

畫畫的人

王建國

　　1963年出生於臺灣雲林。曾任職廣告公司，當過卡通背景師、工業設計工程師，目前專職於插畫工作。求學期間，認真的畫了不少素描、水彩；生性喜愛冒險，喜歡有挑戰性的工作。

　　他認為一個好的插畫家，應該是為讀者而畫，而不是自己任性塗鴉，所以他的畫，風格多變，層級更是涵蓋大人的專業圖鑑到兒童的圖畫書。

　　作品有：國立臺灣史前博物館館內插畫、《鄭和下西洋》、《上天下地看家園》、《國語文圖書館》五十冊、《小小自然圖書館》、《邁向21世紀的臺灣》、《好茶村復原圖》……等。

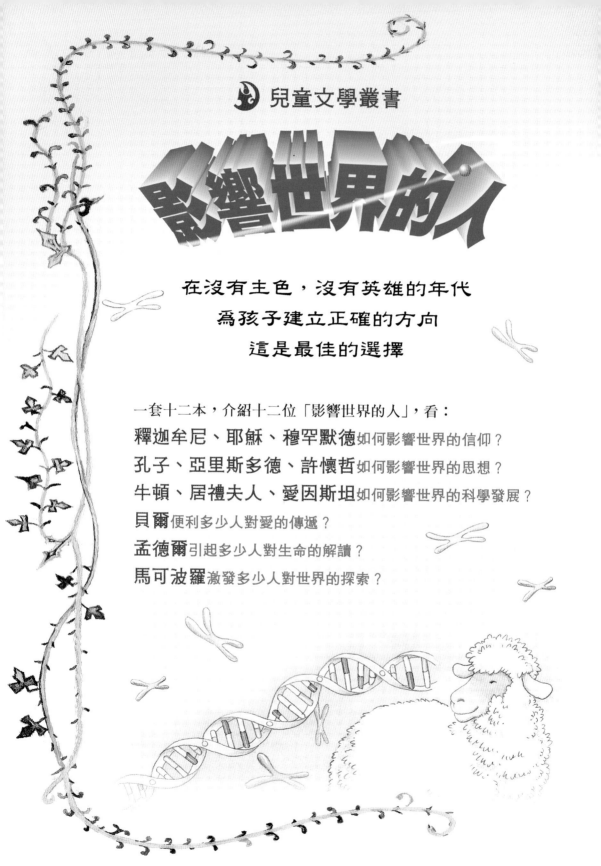

兒童文學叢書

影響世界的人

在沒有主色，沒有英雄的年代
為孩子建立正確的方向
這是最佳的選擇

一套十二本，介紹十二位「影響世界的人」，看：

釋迦牟尼、耶穌、穆罕默德如何影響世界的信仰？

孔子、亞里斯多德、許懷哲如何影響世界的思想？

牛頓、居禮夫人、愛因斯坦如何影響世界的科學發展？

貝爾便利多少人對愛的傳遞？

孟德爾引起多少人對生命的解讀？

馬可波羅激發多少人對世界的探索？

他們曾是影響世界的人，

而您的孩子將是——

未來影響世界的人

佛陀小檔案——釋迦牟尼的故事　　　　　　　李民安／著　陳澤新／繪

兩千五百歲的酷老師——至聖先師孔子　　　　李寬宏／著　武建華　張維采／繪

會走動的百科全書——聽亞里斯多德說天道地　姚嘉為／著　翱　子／繪

從伯利恆到全世界——神的兒子耶穌　　　　　王明心／著　阮　健／繪

沙漠裡的孤兒——最後的先知穆罕默德　　　　李　笠／著　倪　靖／繪

天涯，海角，中國——行萬里路的馬可波羅　　陳永秀／著　謝佩芬／繪

不只蘋果掉下來！——現代科學之父牛頓　　　唐念祖／著　王建國／繪

種瓜得瓜種豆得豆——遺傳學之父孟德爾　　　龔則韞／著　王　平／繪

一星期零一夜——電話爺爺貝爾說故事　　　　張燕風／著　郭文祥／繪

陋室底下的光芒——居禮夫人的故事　　　　　石家興／著　吳健豐／繪

伊甸園裡的醫生——人道主義的模範生許懷哲　喻麗清／著　莊河源／繪

時空列車長——解釋宇宙的天才愛因斯坦　　　唐念祖／著　莊河源／繪

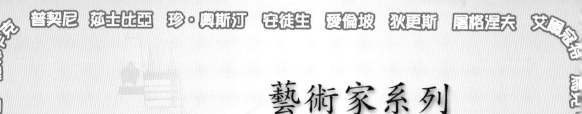

兒童文學叢書

藝術家系列

文學家系列

音樂家系列

如果世界少了**藝術**、**文學**和**音樂**，

人類的心靈就成了荒涼的沙漠。

滿足了孩子的口腹之欲後，

如何充實他們的**心靈世界**？

邀集海內外華文作家，全新創作，並輔以精美插圖。文學性、知識性與視覺美感兼具，活潑生動的文句，深入淺出的介紹40位大師的生平事蹟，不但可增加孩子的語文能力，更是最好的勵志榜樣。

牽引讀者輕鬆進入大師創作的繽紛世界，

讓「**美**」充實每個小小心靈